¡Salta, ranita, salta!
por Robert Kalan
ilustrado por Byron Barton
traducido por Aída E. Marcuse

HarperCollins*Publishers*

rayo

Para mi hermano Bill, con cariño
English-language text copyright © 1981 by Robert Kalan
Illustrations copyright © 1981 by Byron Barton
Spanish-language translation copyright © 1994 by
William Morrow & Company, Inc.
Rayo is an imprint of HarperCollins Publishers Inc.
Manufactured in China. All rights reserved.

Jump, Frog, Jump!
Library of Congress Cataloging-in-Publication Data
Kalan, Robert. Jump, frog, jump!
"Greenwillow Books."
Summary: A cumulative tale in which a frog
tries to catch a fly without getting caught itself.
ISBN 0-688-09241-1 (pbk.)
ISBN 0-688-13804-7 (Spanish-language ed.)
(1. Stories in rhyme) I. Barton, Byron. II. Title.
PZ8.3.K1246Ju (E) 81-1401

First Spanish-language edition, 1994.

For information address HarperCollins Children's Books,
a division of HarperCollins Publishers,
10 East 53rd Street, New York, NY 10022.
Visit us on the World Wide Web!
www.harperchildrens.com
10 11 12 13 SCP 20 19 18 17 16 15 14

Ésta es la mosca que salió del agua.

Ésta es la ranita que iba tras la mosca
que salió del agua.

¿Qué harás, ranita, para cazar a la mosca?

¡Salta, ranita, salta!

Éste es el pez que nadaba tras la ranita

que iba tras la mosca

que salió del agua.

¿Qué harás, ranita, para escaparte del pez?

¡Salta, ranita, salta!

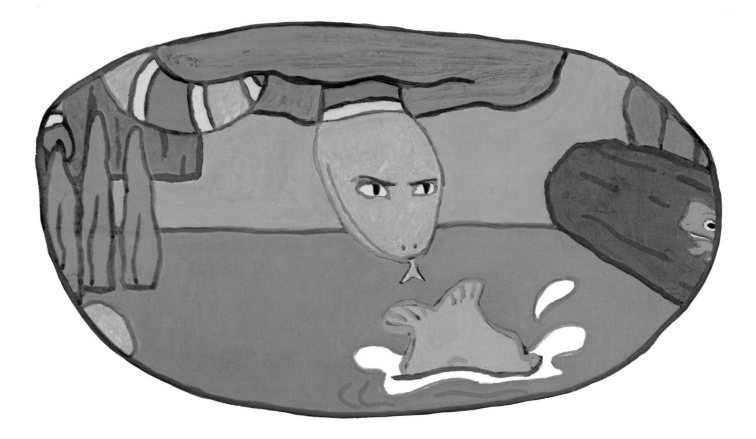

Ésta es la serpiente que se deslizó de una rama

y se tragó al pez

que nadaba tras la ranita

que iba tras la mosca que salió del agua.

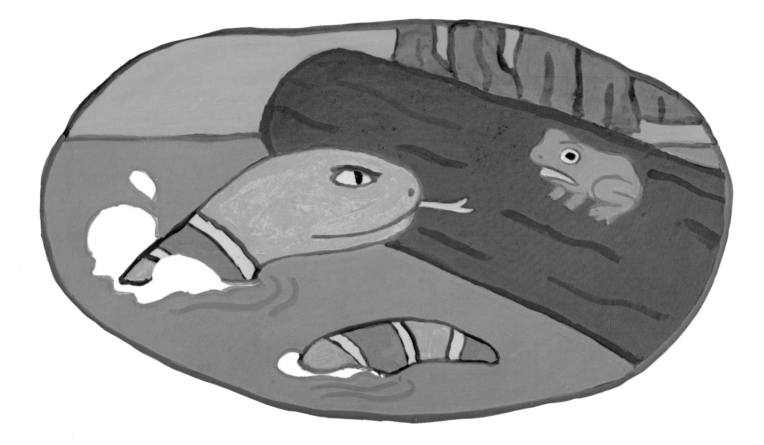

¿Qué harás, ranita, para escaparte de la serpiente?

¡Salta, ranita, salta!

Ésta es la tortuga que se metió en la charca

y se comió a la serpiente que se deslizó de una rama

y se tragó al pez

que nadaba tras la ranita

que iba tras la mosca que salió del agua.

¿Qué harás, ranita, para escaparte de la tortuga?

¡Salta, ranita, salta!

Ésta es la red que atrapó a la tortuga

que se metió en la charca y se comió a la serpiente

que se deslizó de una rama

y se tragó al pez

que nadaba tras la ranita

que iba tras la mosca que salió del agua.

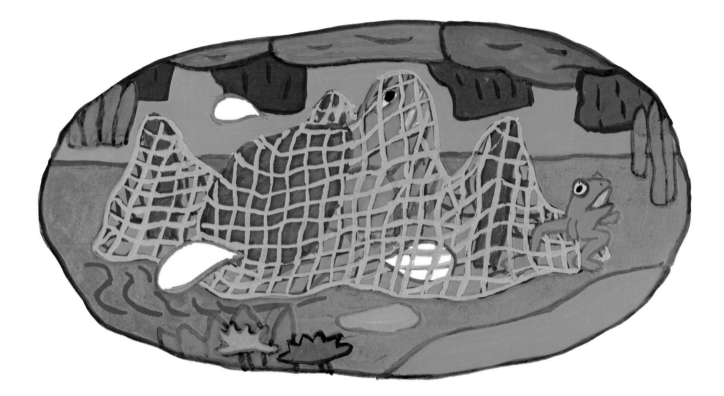

¿Qué harás, ranita, para escaparte de la red?

¡Salta, ranita, salta!

Éstos son los niños que recogieron la red

que atrapó a la tortuga

que se metió en la charca y se comió a la serpiente

que se deslizó de una rama

y se tragó al pez

que nadaba tras la ranita

que iba tras la mosca que salió del agua.

¿Qué harás, ranita, para escaparte de los niños?

¡Salta, ranita, salta!

Ésta es la cesta que pusieron sobre la ranita

los niños que recogieron la red

que atrapó a la tortuga

que se metió en la charca y se comió a la serpiente

que se deslizó de una rama

y se tragó al pez

que nadaba tras la ranita

que iba tras la mosca que salió del agua.

¿Qué harás, ranita, para escaparte de la cesta?